Frederick

Frederick

Leo Lionni

Traducción de Teresa Mlawer

LECTORUM
PUBLICATIONS INC
a subsidiary of Scholastic Inc.
New York

Library of Congress Cataloging in Publication Data:
Lionni, Leo, 1910-
[Frederick. Spanish]
Frederick / Leo Lionni ; traducción de Teresa Mlawer.
p. cm.
Summary: Frederick, the poet mouse, stores up something special for the long cold winter.
ISBN 1-930332-81-5 (pbk.)
[1. Mice—Fiction.] I. Mlawer, Teresa. II. Title.
PZ73.L53 2005
[E]—dc22
                                                                    2005001737

Frederick

A lo largo del verde prado, donde pacen las vacas y trotan los caballos, hay un viejo muro hecho de piedras.

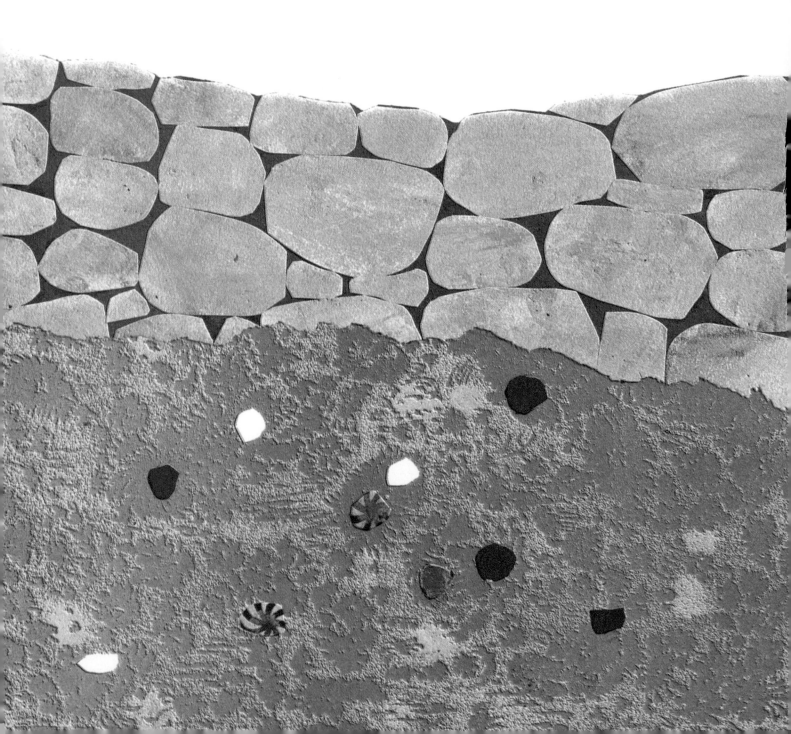

Ese muro, no lejos del establo y del granero,
es el hogar de una charlatana familia de ratones.

Hace algún tiempo, los granjeros se marcharon. El establo está abandonado y el granero completamente vacío. Como el invierno se acerca, los ratoncitos recogen maíz, nueces, trigo y paja. Todos trabajan día y noche. Todos menos Frederick.

—Frederick, ¿por qué no trabajas? —le preguntan
los otros ratones.
—Estoy trabajando —contesta Frederick—.
Recojo rayos de sol para los días oscuros y fríos
del invierno.

Y cuando ven a Frederick sentado en una roca contemplando el prado, le preguntan:
—¿Y ahora qué, Frederick?
—Reúno colores —contesta sencillamente—. Para el invierno, que es gris.

Y en una ocasión que Frederick parece estar medio dormido,
le preguntan malhumorados:
—¿Sueñas, Frederick?
A lo que Frederick contesta:
—¡Oh, no, colecciono palabras! Los días de invierno son largos y muchos,
y acabaremos sin tener nada que decir.

Llega el invierno y cuando caen los primeros copos de nieve, los cinco ratoncitos corren a refugiarse entre las piedras del muro.

Al principio tienen suficiente comida y los ratones cuentan historias de zorras y gatos tontos. Son una familia feliz.

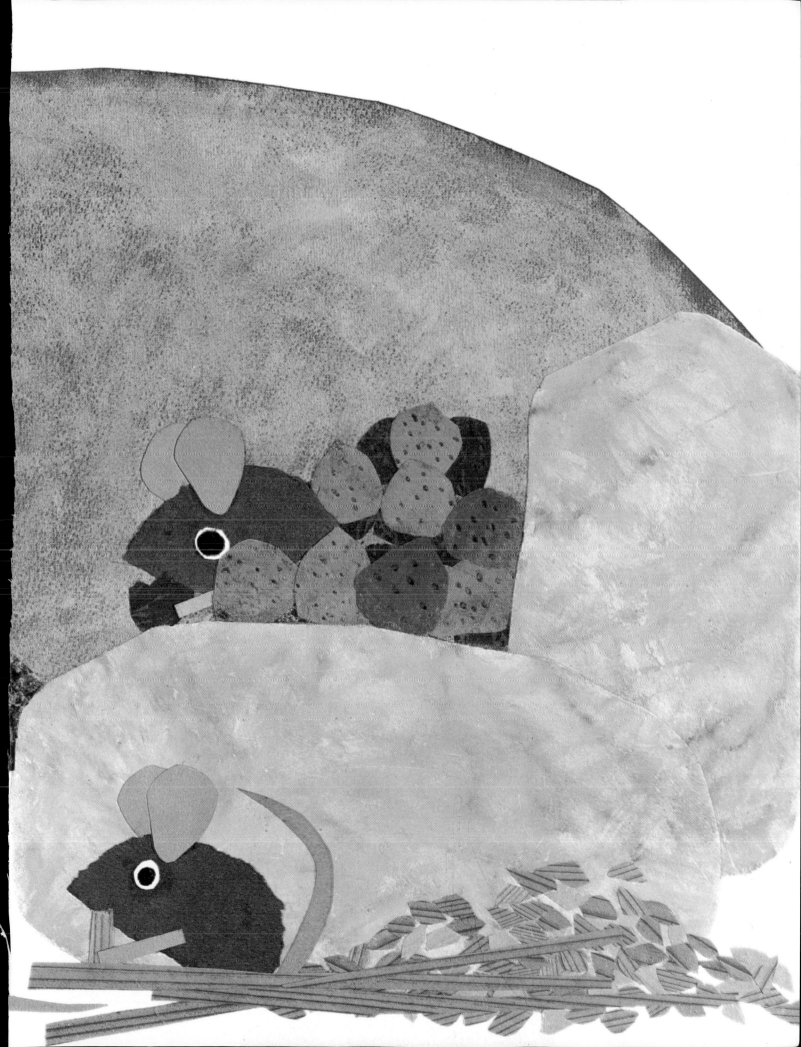

Pero, poco a poco, se comen las nueces y las bayas. La paja se termina y el maíz es apenas un sueño. En el muro hace frío y nadie tiene ganas de conversar.

Entonces, recuerdan lo que Frederick
les había dicho sobre los rayos del sol,
los colores y las palabras.
—¿Y qué hubo de *tus* provisiones,
Frederick? —le preguntan.

—Cierren los ojos —les ordena Frederick,
subiéndose a una gran piedra—.
Ahora les mando los rayos del sol para
que sientan su resplandor dorado…
Y mientras Frederick habla del sol,
los cuatro ratoncitos sienten
su cálida tibieza.
—¿Será la voz de Frederick?
—¿Será magia?

—¿Y qué hay de los colores, Frederick? —preguntan
con ansiedad.
—Cierren los ojos nuevamente —les ordena
Frederick.
Y cuando les habla de gencianas
azules y amapolas rojas, del trigo
dorado y de los verdes
arbustos de las moras,
los ratoncitos ven los colores
como si estuvieran pintados
en sus mentes.

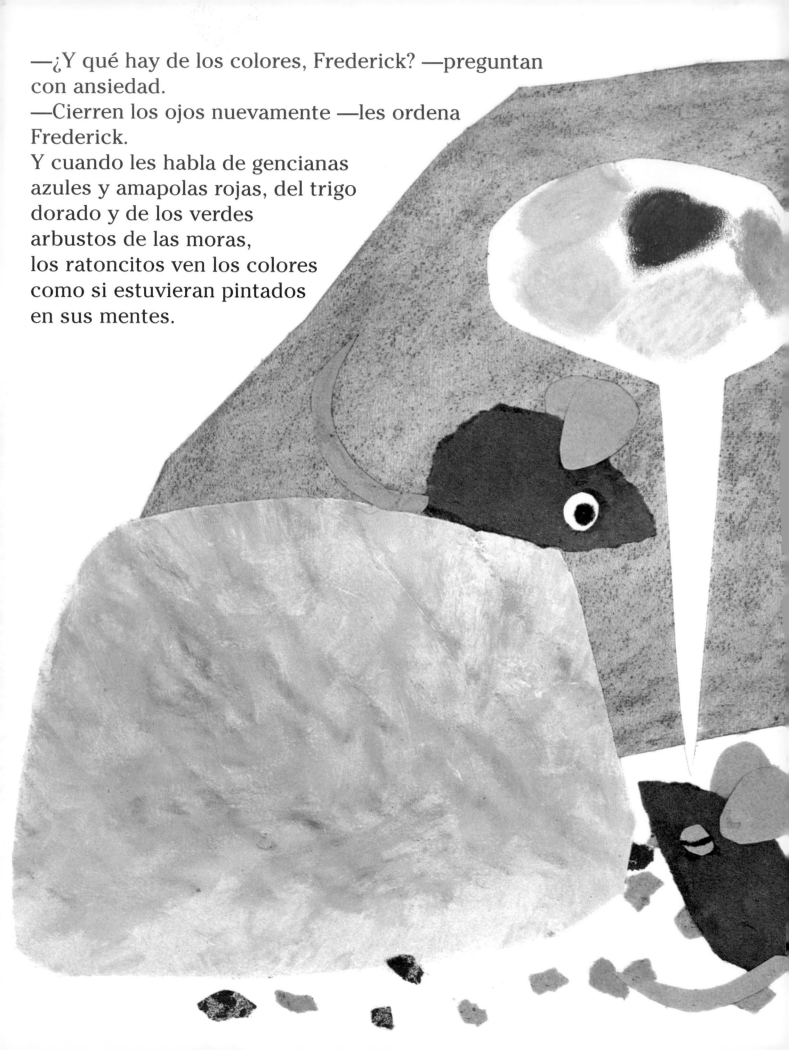

—¿Y las palabras, Frederick?
Frederick se aclara la garganta,
espera un momento y, como si
estuviese en un escenario,
declama:

¿Y las palabras, Frederick?
Frederick se aclara la garganta,
espera un momento y, como si
estuviese en un escenario,
declama:

¿Quién la nieve espera?
¿Quién derrite el hielo?
¿Quién causa el mal tiempo?
¿Quién lo cambia a bueno?
¿Quién el verde trébol invita a crecer,
el día a apagarse, la luna a encender?

Cuatro ratoncitos que el cielo albergó.
Cuatro ratoncitos como tú y yo.

El de primavera trae lluvia a las flores.
Luego el de verano les pinta colores.
Después el de otoño, con nueces y trigos.
Y al fin el de invierno… con sus pies tan fríos.

Son cuatro estaciones. ¡Qué suerte tenemos!
¡Imagina un año con más o con menos!

Cuando Frederick termina, todos aplauden. Frederick, ¡eres todo un poeta!

Frederick se ruboriza, hace una pequeña reverencia
y con voz tímida asiente:
—Lo sé.